I0637319

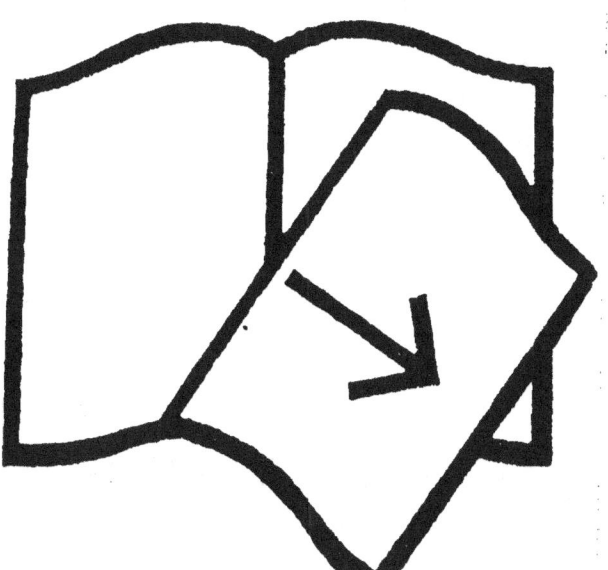

Couvertures supérieure et inférieure
manquantes

MICHEL LE TROQUEUR

7ᵉ SÉRIE IN-12.

193

85

8°Y²
15682

Les troqueurs s'embarquèrent... (P 75.)

7° in-12.

MICHEL
LE TROQUEUR

SOUVENIRS DU SÉNÉGAL

PAR

François TEISSIER.

LIMOGES
EUGÈNE ARDANT et Cie, ÉDITEURS.

Propriété des Éditours.

MICHEL
LE TROQUEUR

I

On était aux derniers jours du mois d'août, et le beau fleuve du Sénégal, grossi par les pluies des mois précédents, commençait à rentrer dans son lit. On voyait les campagnes qui venaient de sortir des eaux, couvertes encore d'un limon humide. Les troupeaux précédemment chassés par l'inondation sur les montagnes, redescendaient au fleuve de toutes parts, et les noirs éléphants, se montraient par troupes à la lisière des bois, poussant leurs cris sauvages et brisant, avec leurs trompes, les tiges des jeunes palmiers.

Quant à la végétation elle était dans toute sa splendeur. Les ébéniers, les mahots et les apos, chargés de singes ou d'oiseaux, formaient, le long du fleuve, une sorte de bordure mouvante que diapraient des fleurs gigantesques. Au loin s'étendaient des prairies dont l'herbe était si haute qu'un homme à cheval y eût disparu tout entier. Çà et là quelques villages entourés de palissades montraient leurs toits pointus couverts de feuilles de balisier, et des almadies, à voiles de coton, descendaient les affluents du Sénégal, se dirigeant toutes vers une sorte de baie qu'annonçaient de loin deux potences auxquelles étaient suspendues des calebasses de différentes grosseurs.

Là venait de s'établir un de ces marchés improvisés par les nègres, loin des comptoirs français, pour la troque de l'ivoire, de la gomme, de l'or et des

esclaves. Une grande barque, pontée
d'environ 100 tonneaux, se tenait à
l'ancre vers le milieu du fleuve avec le
pavillon blanc à son pic. Elle était com-
mandée par le capitaine Jean Lescot de
Dieppe, qui avait acheté de la Compagnie du Sénégal le droit de commercer
jusqu'à Makanet. Obligé de laisser à
Saint-Louis son navire qui n'eût pu
remonter le Sénégal, il avait fait cons-
truire cette grande barque avec laquelle
il était parvenu jusqu'à l'embouchure
de la rivière Fatmé, où il avait ouvert
la troque avec les Yolofs, les Foulas et
les Mandingues.

Les marchands de l'intérieur avertis
de sa présence, étaient arrivés, les uns
avec des troupes d'esclaves liés deux à
deux par une corde-cuir, et portant sur
la tête une dent d'éléphant; d'autres
avec des chameaux chargés de gomme
ou de bois de sandal; d'autres enfin
avec des ânes portant dans de doubles

mannequins d :s fruits, du vin de palme et du maïs.

Jean Lescot compléta ainsi son chargement en peu de jours, et déclara qu'il n'échangerait plus de marchandises que contre de la poudre d'or. Il se rendit en conséquence chez le chef des villages voisins pour lui annoncer sa résolution, laissant le canot qui l'avait mené à terre sous la garde de deux matelots et d'un vieux chirurgien, nommé Jollard.

Celui-ci n'avait quitté le fort de Saint-Louis, où il exerçait habituellement ses fonctions, que dans l'intérêt de la science et pour compléter la flore africaine, à laquelle il travaillait depuis dix années. C'était un de ses philosophes pratiques auxquels l'étude silencieuse de la nature a donné la foi naïve des enfants et la sérénité des saints ; âme si simple et si ouverte qu'aucune mauvaise inclination n'eût trouvé à s'y cacher. Lorsque le capitaine fut parti, il s'apprêta également à quitter le canot, sa boîte d'herboriste sur le dos et une faucille à la main.

— Vous allez donc faire votre provision de foin, père Consolation? dit le plus âgé des matelots en riant.

Ce sobriquet de *père Consolation* avait été donné au vieux chirurgien par les malades militaires, à cause de sa douceur affectueuse et encourageante.

Il frappa amicalement sur le bras du marin en lui disant :

— Cela t'étonne, Etienne Riou ; tu n'es pas venu ici, toi, pour chercher des simples, n'est-ce pas?

— Ma fi non! observa le second matelot; mon cousin et moi, nous préférons *la troque* à la botanique, comme vous appelez votre affaire.

Le chirurgien secoua la tête.

— J'ai même peur que vous n'aimiez trop le commerce, reprit-il.

— Comment?

— N'oubliez point que votre capitaire seul a le droit de faire ici la troque.....

— Bah! interrompit Michel Loriol, il n'y a que les curés qui y regardent de si près; et après tout, de pauvres diables peuvent bien ramasser l s croûtes quand les maîtres ont mangé.

— Oui, dit Jollard; mais après la croûte on prend la miche entière. Une fois la règle enfreinte rien n'arrête plus, et si vous admettez le diable dans votre antichambre, il sera bientôt maître de toute la maison.

En disant ces paroles, il partit. Etienne haussa les épaules et ajouta ironiquement:

— Le père Consolation a toujours quelque principe à vous appliquer ainsi sur la conscience en guise d'onguent; mais, sans doute on ne fait pas la troque sans savoir se conduire.

Il y avait en effet près de douze ans qu'Etienne Riou naviguait pour le commerce d'Afrique avec Michel Loriol, et tous deux connaissaient assez bien les différents langages des tribus nègres du Sénégal pour servir d'interprètes. Nés dans le même village en Normandie, et parents à un degré éloigné, ils ne s'étaient presque point quit'és depuis leur enfance. Il était résulté de cette communauté d'existence une communauté de principes qui les avait associés dans toutes leurs actions. Bien que chacun se préférât ouvertement à l'autre, ils étaient habitués à atteler de front leurs deux égoïsmes : ils se trouvaient à l'aise ensemble par cela seul qu'ils se connaissaient bien; il n'y avait pas entre eux sympathie de cœur, mais leurs vices se comprenaient.

Tous deux étaient demeurés dans le canot appuyés sur leurs avirons et regardant avec indifférence les eaux du fleuve qu'entr'ouvrait par instants la tête monstrueuse d'un hippopotame.

Dans ce moment, une troupe de Mandingues parut à l'autre extrémité de la
baie.

A la vue du canot, elle s'arrêta sous
un bouquet de palmiers, et un seul
nègre s'avança vers les matelots.

Sa *juba* (1), de six aunes de tour, et
les anneaux de corail qui ornaient ses
jambes et ses bras, le faisaient aisé-
ment reconnaître pour un riche marchand habitué à commercer avec les
navires. Ses cheveux mêlés de verro-
teries étaient longs de dix-sept centi-
mètres, ce qui est chez les nègres de
la côte d'Afrique un grand signe d'élé-
gance, et il portait à la ceinture un
trousseau de clefs comme marque de
son opulence

Il s'avança jusqu'au canot, la zagaie
sur l'épaule, et annonça aux deux marins qu'il arrivait avec des marchandises de troque.

(1) Haut de chausses.

— Nous n'en n'avons que faire, dit Loriol.

— Mes gens, observa le Mandingue, apportent des *barrys* (1) qui savent piler le grain, puiser de l'eau et tourner la broche.

— Tu peux offrir tes singes à Horrei, dit Etienne; nous ne nous embarrassons pas de pareille vermine.

— J'ai aussi des *biens secs* (2).

— Notre barque est chargée jusqu'aux écoutilles.

Le nègre parut déconcerté; cependant après un moment de silence il s'approcha des matelots.

— Peut-être le capitaine aimerait-il mieux du *ghingan* (3), dit-il?

— En aurais-tu par hasard? demandèrent-ils vivement.

Le Mandingue tira de son sein un

(1) Grands singes que l'on dresse au service.
(2) Ivoire et gomme.
(3) Poudre d'or.

sac de cuir qu'il entr'ouvrit avec précaution : il était plein de poudre d'or.

— Le capitaine ne refusera pas *des chefs d'argent* en échange d'une pareille marchandise, observa le nègre.

— Le capitaine, dit Etienne, ne reviendra pas de longtemps.

— J'attendrai.

Riou et Loriol se regardèrent; l'occasion était trop favorable pour la laisser échapper. Après un court silence Michel ajouta:

— Est-ce là tout ce que tu as de poudre d'or?

— Tout, répliqua le Mandingue.

— Alors nous pouvons te l'acheter.

— Je préfère attendre le capitaine.

— Pourquoi cela?

— Parce qu'il m'en donnera un meilleur prix.

— Veux-tu voir ce que nous t'offrons?

— Soit.

Ils rentrèrent dans le canot qu'ils avaient quitté, et tirèrent du coffre établi sous le banc une petite caisse qui s'y trouvait cachée.

Elle était pleine de marchandises d'étape dont ils avaient fait secrètement pacotille en quittant Dieppe. C'étoient des colliers de cristal, des dollars à l'aigle déployée, des grelots, des sifflets argentés et des cahiers de papier.

Tous ces objets furent étalés par eux avec une sorte d'emphase, et le marché s'engagea. Le nègre, qui semblait fasciné par la vue des chefs d'argent, allait de l'un à l'autre voulant tout avoir. Enfin après de longs débats l'échange fut conclu, et le Mandingue venait de livrer le sac de ghingan, lorsqu'un nouveau personnage parut tout à coup au détour du chemin.

II

A son aspect, les deux matelots tres-
saillirent et renfermèrent vivement le
coffret; mais le capitaine Loscot (car
c'était lui), avait tout vu, et s'écria:

— Vivat mes gars! Il paraît qu'on
fait du commerce ici! Comment donc!
ajouta-t-il en s'approchant et apercevant le sac du Mandingue, de la poudre
d'or!... C'est la première que je vois
depuis mon arrivée! Combien avez
vous acheté, mes agneaux, le droit de
commercer sur le Sénégal?

—Pardon, capitaine, balbutia Loriol;
nous avons cru... il nous a semblé
que.....

— Que tu avais le droit de me faire
concurrence, n'est-ce pas? Te rappelles-
tu les termes de ton engagement,
drôle?

— Oui, capitaine.

— Et le premier article ne renferme-t-il point la défense formelle de faire la troque pour ton compte ?

Michel baissa la tête sans répondre.

— Je pourrais te faire payer ta friponnerie par une *cale* (1) dans le fleuve ou quelques jours de *bouline* (2) sur le pont ; mais je suis bon prince ; j'aime mieux croire que tu as fait le commerce pour moi et pour mes intérêts. En conséquence, ajouta Lescot, qui arracha à Etienne le sac de ghingan, je reprends mon bien.

Riou voulut réclamer ; mais le capitaine lui imposa silence d'un geste menaçant.

— Pas de mots, loiffia, s'écria-t-il brusquement, ou gare à votre cuir. Quant à toi, boule de neige, pour t'apprendre à faire la troque avec mes

(1) Supplice qui consiste à plonger dans l'eau.
(2) Supplice du nerf de bœuf ou des cordes.

matelots, je ne te prendrai aucune marchandise.

Comme il achevait, Jollard parut et
l'avertit que le chef des villages l'attendait derrière le coteau avec une cinquantaine de nègres réunis pour une
chasse d'éléphants. Lescot remercia le
chirurgien, et après avoir durement
averti les matelots de l'attendre, il
repartit pour rejoindre les chasseurs.

III

A peine les cousins se trouvèrent-ils
seuls qu'ils s'abandonnèrent à toute
leur colère.

— Ainsi il nous emporte notre poudre d'or ! s'écria Etienne.

— Et sans nous rembourser nos
marchandises encore ! ajouta Michel
exaspéré.

— Je vous avais averti, observa
doucement Jollard.

— Au diab'e les avertissements ! murmura Riou. Que je sois pendu si je ne me venge du brigand !

— Je jure de ne pas perdre mes dents à son service.

— Ni moi.

— Et à la première bonne occasion je laisse sa patache en panne.

— Et nous filons notre nœud.

— Vous ne ferez point cela, mes amis, dit le vieux chirurgien, car ce serait manquer à vos engagements.

Les deux marins firent un signe de tête sans répondre, et retournèrent au canot.

Cependant le Mandingue, désappointé par ce que venait de lui dire le capitaine Lescot, s'était assis à terre et se mit à fumer ; Jollard s'approcha pour considérer sa pipe dont l'énorme foyer pouvait contenir une livre de tabac.

— Pardi ! c'est un *callot*, dit-il

après l'avoir considéré un instant.

— Qu'est-ce qu'un callot ? demanda
Loriol.

— Rien en apparence qu'une terre
de pipe rougeâtre ; mais cette terre
contient une quantité d'or considérable.

— Est-ce vrai ? interrompirent les
deux Normands.

— J'en ai fait l'analyse.

— Vous, père Consolation ?

— Ne savez vous point que mon
oncle était joailler, et que j'ai moi-
même travaillé chez lui ?... Je me connais en métaux et en diamants au
moins aussi bien qu'en mauvaises
herbes, comme dit Michel.

— Ainsi l'on pourrait extraire de
l'or de ces callots ?

— Très facilement. Je serais même
curieux de savoir où ce marchand s'est
procuré le sien.

— Je vais le lui demander, dit
Michel.

Le Mandingue interrogé à ce sujet, répondit qu'il avait acheté sa pipe dans un voyage au pays de Bambuck, où l'on pouvait s'en procurer sans peine pour de la verroterie. Il ajouta que cette contrée était peu éloignée et se trouvait sur la route de Tambuto.

A ce dernier nom, les deux marins firent un mouvement, et Jollard lui-même devint plus attentif.

Tambuto était alors quelque chose comme la ville d'or, autrefois cherchée par Raleigh au pays d'Eldorado; et ce qu'on en racontait, semblait emprunté aux contes arabes. Là, disait-on, les toits étaient d'or, et des carrières de pierres précieuses se rencontraient presque à chaque pas. La compagnie avait songé plusieurs fois à faire chercher cette ville mystérieuse; mais le temps, les moyens ou la volonté lui avaient tour à tour manqué. Cependant il n'était point d'aventurier qui

ne tournât au moins ses désirs vers
Tambuto, comme vers une nouvelle
Colchide.

Aussi les yeux de Riou et de Loriol
s'allumèrent-ils à la pensée qu'ils en
étaient assez peu éloignés pour pouvoir y parvenir. Ils interrogèrent le
Mandingue, qui leur donna les détails
les plus circonstanciés sur l'itinéraire à
suivre pour arriver à la ville inconnue.
On devait pour cela traverser plusieurs
contrées bien peuplées et fertiles en
ghingan. Le nègre leur parla surtout
d'un peuple habitant le pays de Jaie;
les Arabes lui apportaient tous les ans
du sel à un lieu désigné, se retiraient
après avoir séparé en un grand nombre
de portions de cette marchandise, et
trouvaient au retour de l'or à la place
de chaque tas. Il ajouta que les habitants de Jaie n'évitaient ainsi de se
montrer que parce qu'ils avaient les
lèvres tombant jusque sur la poitrine,

et toujours près de tomber en putré-
faction si on les frottait de sel.

Les deux mate'ots écoutèrent tous
ces récits avec une avidité crédule, et
retournèrent à bord la tê'e pleine des
merveilles qui leur avaient été racon-
tées. Le vieux chirurgien, dont le ha-
mac n'était séparé des leurs que par
une mince cloison, les entendit causer
bas une partie de la nuit, et ne douta
point qu'ils ne formassent quelque nouveau projet.

Leur mine résolue, lorsqu'il reparu-
rent le lendemain sur le pont, le con-
firma dans cette opinion.

— Vous n'avez point dormi, dit-il
en s'approchant d'eux avec un sourire.

Etienne rougit.

— Nous auriez-vous entendus? lui
demanda-t-il d'un ton inquiet.

— Non, répliqua Jollard; mais si je
ne me trompe vous parliez de choses gra-
ves et dont peut dépendre votre avenir.

— Juste ! père Consolation.

— Et que disiez-vous donc ?

— Nous disions que le seul moyen de faire son chemin dans la vie comme en pleine mer, était de profiter du vent et de naviguer toujours au plus près.

— C'est aussi le moyen de faire naufrage.

— Bah ! on ne retrouve point une bonne occasion perdue ; avec de l'audace tout réussit.

Le vieux chirurgien secoua la tête et dit :

— Prenez garde ! prenez garde ! l'audace sans l'instinct du devoir est comme une épée dont on a jeté le fourreau également dangereuse pour les autres et pour nous-mêmes.

Etienne n'eut point le temps de répondre ; le capitaine Lescot se rendait à terre, et l'appelait avec son cousin pour conduire le canot. Ils firent un signe d'adieu à Jollard, et partirent.

Mais le soir le capitaine revint seul ;
les deux matelots avaient déserté avec
leurs armes et leur pacotille.

IV

Etienne et Michel longeaient les collines qui entrecoupent le pays entre
la rivière Falmé et celle du Ghiannon.
Tous deux montaient des ânes vigoureux qui portaient également leur pacotille soigneusement enveloppée dans
des peaux de vache grossièrement pré-
parées.

Riou, plus hardi que son compagnon, plus avide de découvertes et de
profit, marchait le premier, le fusil en
bandouillère et des pistolets à la ceinture. Son œil semblait chercher à l'horizon quelques-unes de ces fumées qui
se dessinent sur la blancheur rosée du

ciel et annoncent l'approche d'un lieu habité.

— Rien ! murmura-t-il après un long silence.

— Rien, répéta Loriol avec un soupir, et je tombe de besoin !... Infernal pays !

— Ne vas-tu pas te plaindre, reprit brusquement Etienne quand tout nous réussit.

— Tout ?

— Depuis quinze jours que nous avons quitté ce brigand de capitaine, n'avons-nous pas déjà ramassé 1 kilog. 500 grammes de ghingan et plus de cent callots.

—Oui, mais aussi quelle vie ! dormir le plus souvent à la belle étoile avec une douzaine de tigres ou de lions qui hurlent autour de votre chambre à coucher ; manger du maïs écrasé entre deux pierres, de la bouillie de manioc assaisonnée de poivre vert.

—Silence ! interrompit Riou ; voici peut-être l'occasion de faire un meilleur repas, puisque Souka ne paraît pas à l'horizon.

— Comment ?

— Ne vois-tu pas là-bas, sous l'ombre de ces bischalos, une troupe de nègres ?

—Oui, dit Michel.

— Rejoignons-les ; nous pourrons peut-être obtenir quelques rafraîchissements.

Les deux matelots se dirigèrent vers le bouquet d'arbres, et reconnurent en s'approchant une famille de marabouts ; tel est le nom donné à leurs prêtres par les nègres du Sénégal, qui sont tous mahométans. Ces marabouts vont de village en village, enseignant la religion aux enfants et vendant des inscriptions extraites du Coran, que les nègres renferment dans des étuis comme des talismans souverains. Cha-

cun de ces *gris-gris* a son influence
spéciale; car les marabouts en in-
ventent pour tous les dangers et pour
tous les désirs.

Lorsque Riou et Loriol arrivèrent
près des arbres où le prêtre noir avait
établi son campement, il était occupé
à faire écrire ses enfants sur de petites
planchettes de bois blanc, couvertes de
caractères tracés au pinceau. Plusieurs
ânes attachés à des piquets broutaient
à peu de distance, et des ballots étaient
entassés aux pieds des bischalos; car
le marabout fait le commerce et plus
sûrement qu'aucun autre, son caractère
sacré le mettant à l'abri de toute in-
sulte, même en temps de guerre.

A la vue des deux étrangers, le prêtre s'était levé. Michel lui souhaita
mille prospérités, et lui demanda s'il
pouvait lui procurer quelques provisions. Le marabout jeta un regard

oblique sur le bagage qui chargeait la croupe des deux ânes.

— Les hommes de notre profession sont pauvres, répondit-il, et ont plus besoin de recevoir que de donner.

— Eh bien! on te paiera tes vivres, répliqua Etienne brusquement; mais montre-nous ce que tu peux vendre?

Le marabout appela ses femmes qui ouvrirent un mannequin de cuir dont elles retirèrent d'abord un quartier d'éléphant; mais à l'odeur de cette chair à demi pourrie, Michel détourna la tête avec dégoût, malgré sa faim. Il se montra aussi peu friand d'une tranche de crocodile dont le marabout lui vantait la délicatesse. Il s'arrêta enfin à un plat de kus-kus qui venait d'être apprêté, et à des épis de maïs rôtis sur les charbons. Les femmes du marabout servirent en outre des gourdes pleines d'une sorte de bière appelée *bullo*, et quelques rayons de miel qu'elles avaient découvert dans le creux d'un sanara.

Le repas achevé, Etienne fouilla dans une des valises pour s'acquitter envers son hôte. A la vue des marchandises, les yeux de celui-ci s'allumèrent, et il s'approcha.

—Dis donc, le curé nègre regarde notre bazar de bien près, observa Riou.

—Referme tout, répliqua Loriol avec intention.

Etienne voulut replacer la valise sur la croupe de l'âne, elle lui échappa, et une partie de ce qu'elle contenait s'éparpilla sur le sol.

— Le ciel te confonde! s'écria Michel d'un ton de reproche.

—Au diable! répliqua Etienne furieux; vas-tu me faire la leçon, maintenant?

— Tout est dans la poussière.

— Eh bien! ramasse.

Ils se mirent en effet à relever leur marchandise. Le marabout s'avança avec empressement pour les aider; mais Loriol l'éloigna du geste.

— Va manger ton *sanglet* (1), monsieur le curé, dit-il brusquement; nous n'avons que faire ici de toi.

Le marabout se montra presque blessé et protesta de ses bonnes intentions; mais tout en parlant il avança le pied jusqu'à des bracelets de corail tombés derrière une touffe d'herbe; il les saisit avec l'orteil, retira lentement la jambe en arrière et trouva le moyen d'introduire le bijou dans les plis de sa juba.

Malheureusement Etienne avait aperçu le mouvement; il se leva brusquement, saisit le marabout à bras de corps, et reprit le bracelet dans sa ceinture.

(1 Bouillie.

— Ah ! brigand ! s'écria-t-il, tu oses nous voler au moment où tu nous parles de ta probité !

— C'est par inadvertance, dit le nègre tranquillement.

Loriol fit un geste de menace.

— On m'avait bien dit qu'il fallait moins regarder à leurs mains qu'à leurs pieds, reprit-il. Vite, Loriol ou ces vauriens nous pilleront jusqu'à la dernière bimbeloterie.

Michel acheva de ramasser les objets tombés, et la valise fut refermée.

— Mais le prix du repas ? demanda le marabout.

— Tu t'es payé toi-même, cria Michel en colère.

— Comment?

— Tu dois avoir volé autre chose que ce bracelet.

— Rien ! s'écria le nègre.

— Eh bien ! ce sera une leçon pour toi.

Ils étaient remontés sur leurs ânes; le nègre voulut arrêter ceux-ci par la corde de cuir qui leur servait de bride ; mais Etienne le repoussa rudement. Le marabout irrité saisit un couteau qu'il portait à la ceinture : le matelot arma son pistolet.

—Prends garde! boule-de-neige, dit-il; tu sais qu'il n'y a pas de gris-gris contre les *pouffs*. Ne dites-vous pas qu'on ne les connaissait point du temps de Mahomet, et qu'il n'a pu mettre des talismans contre la poudre dans son Coran. Sois donc sage et laisse-nous continuer tranquillement notre chemin.

Le nègre, qui avait déjà reculé à la vue du pistolet, lâcha la bride; mais lorsque les deux matelots se furent éloignés, il fit un geste de menace, murmura quelques mots inintelligibles et rejoignit ses femmes sous les arbres.

V

Nos voyageurs aperçurent enfin vers
le soir la ville de Souka : elle était
c·mposée (comme toutes celles que
bâtissent les nègres sur la côte occi-
dentale d'Afrique), de deux ou trois
cents habitations, dispersées sans ordre; chacune d'elles comprenait plusieurs *kombets* ou causes faites de roseaux et de terre rougeâtre. Une dou-
ble palissade flanquée de tours en char-
pente défendait la ville entière contre
les bêtes féroces et contre les incursions
des ennemis.

Les deux cousins touchaient déjà
aux *lugans* (1) qui annonçaient les ap-
proches de la ville, lorsqu'un nuage de
poussière, qui s'éleva derrière eux,

(1) Champs cultivés.

détourna leur attention ; c'était le sérakik ou roi du pays qui se rendait à
Souka avec toute sa cour.

Il était à cheval, ainsi que les prin-
cipaux officiers, vêtu d'une robe rouge
toute garnie de queues d'éléphants, et
coiffé d'un bonnet d'osier orné de cor-
nes de bouc. Derrière lui venaient ses
femmes dans des palanquins portés par
des chameaux, puis le reste de ses gens,
montés sur des ânes et des bœufs ;
quelques-uns se tenaient même à cheval sur le dos d'esclaves nègres qu'ils
faisaient galoper à la suite de la cara-
vane.

Dès que les officiers qui précédaient
le sérakik aperçurent les deux Français,
ils s'élancèrent vers eux en agitant
leurs zagaies. Michel et Etienne, qui
connaissaient les usages du pays, s'avan-
cèrent à leur rencontre, le pistolet au
poing. Les nègres s'arrêtèrent à quelques pas, et Riou leur cria qu'ils ve-

naient rendre visite au sérakik. On les
conduisit aussitôt vers celui-ci qui les
reçut avec bienveillance, et leur demanda s'ils apportaient de belles marchandises d'Europe. Michel répondit
que le roi pourrait en juger par le
présent qu'ils lui destinaient. Le visage
du sérakik s'illumina à ces mots; il engagea les deux matelots à prendre
place dans son cortége, et continua sa
route vers Souka.

Ils suivirent le roi jusqu'à sa demeure; c'était un enclos assez vaste et
ombragé de palmiers, et dans lequel
se trouvaient une cinquantaine de cases
destinées au logement de la cour. On
en mit une à la disposition de nos troqueurs; c'était un kombet de forme
ronde, sans fenêtres et ayant à peine
quelques pas de diamètre; la porte
était si basse qu'on ne pouvait y péné-
trer qu'en rampant. L'ameublement se
composait, selon l'usage, d'une petite

armoire, d'une natte tendue sur quatre pieux, de manière à former un lit, de quelques plats de bois, de calebasses et d'un mortier du bois de *kamiay* pour piler le maïs.

L'arrivée du sécakik avait été annoncée, et tout était prêt pour le recevoir; on avait coupé au sommet des hoadiers et des *cypriers* (1) plusieurs branches, au tronçon desquelles étaient suspendues des gourdes destinées à recevoir la précieuse liqueur. Des corbeilles de ghélola pleines d'oranges, d'ananas et de limons, étaient entassées au pied des arbres. On voyait aux portes des kombels des femmes occupées à écraser les fruits du palmier pour en faire du beurre, vannant et pilant le maïs destiné au sanglet national, tandis que d'autres achevaient la limonade de miel et de tamarin.

(1) Palmiers fournissant la boisson connue sous le nom de vin de palmier.

On ne tarda point à venir chercher les marins de la part du sérakik, qui les attendait entouré de sa cour, et mâchant des noix de kolla. On donne ce nom à un fruit de la grosseur d'une châtaigne venant de Sierra-Leone ou de l'intérieur de l'Afrique. Les nègres prétendent qu'il fortifie les dents, et qu'après l'avoir mâché on trouve à l'eau la saveur du vin. Les noix de kolla servent de monnaie dans toute l'Afrique, et valent presque partout leur poids en or.

Le sérakik en donna quelques-unes aux troqueurs, qui présentèrent en échange des couteaux, de la verroterie et un sifflet. Ils furent conduits à la reine, et lui offrirent une douzaine de grelots dont elle se para sur le champ. C'était une femme encore jeune, à l'œil vif et au sourire intelligent. Elle interrogea les deux Français sur le but de leur voyage, leur parla des obstacles qu'ils auraient à surmonter; puis se ravisant tout à coup, elle frappa ses mains l'une contre l'autre :

— J'y pense! dit-elle, le sérakik peut diminuer les dangers.

— En nous faisant accompagner? demanda Michel.

— Non, car une escorte ne dépasserait point les frontières; mais en vous recommandant à ses alliés.

A ces mots, elle fit venir un des officiers du sérakik et lui donna un ordre que les troqueurs ne purent comprendre. L'officier sortit, puis il reparut tenant à la main une courte branche de komo entourée de lanières de cuir colorié.

— Prenez ce *bâton d'Etat*, dit la reine à Michel; il vous servira de sauf-conduit chez tous les alliés du sérakik : cherchez seulement à le cacher à vos ennemis et aux siens afin qu'ils ne vous imputent pas à crime sa protection.

Nommant alors successivement tous les chefs des pays voisins, elle désigna à ses hôtes ceux qu'ils devaient chercher ou éviter, et les renvoya suivis de plusieurs esclaves portant des plats de kus-kus et des gourdes de vin de palmier.

Comme ils finissaient leur repas, le sérakik les fit avertir qu'il les invitait le soir même à un folgar donné en leur honneur.

Riou et Loriol trouvèrent la foule réunie dans l'enclos royal. Une troupe de guiriots (1) entourait le sérakik. Les uns tenaient à la main des luths de bois creusé et recouvert de cuir, sur lequel passaient trois cordes de crin ; d'autres soufflaient dans des flageolets de roseaux ou dans d'énormes clairons formés d'une seule défense d'éléphant. Le chef des guiriots chantait à haute voix les louanges du sérakik, dont il

(1) Bardes nègres.

vantait les richesses et le courage.
Lorsqu'il eut achevé, le roi lui jeta son
manteau d'étoffe rayée et ses bracelets
de corail. Les invités s'assirent alors à
terre, de manière à former un grand
rond au milieu duquel devaient s'exé-
cuter les danses; puis les sons du *ba-
laffo* se firent entendre.

Cet instrument, le plus curieux et
le plus estimé de tous ceux que 'es nègres ont inventés, est une espèce d'or-
gue grossier composé de rangées de
calebasses progressivement plus petites.
Un guiriot frappe les touches avec des
baguettes, en agitant deux chaînes suspendues à ses poignets.

D'abord parurent les danseuses, dont
les pas cadencés et les poses mêlées de
cris excitèrent plusieurs fois l'admiration de l'assemblée; puis vinrent les
guerriers tenant d'une main leurs ar-
dillias, de l'autre leurs boucliers en
peau de *dansa*, et les cheveux ornés de

morceaux d'ivoire, de cuivre ou d'é-
tain. Ils imitèrent successivement toutes les attitudes de la lutte et du com-
bat, se menaçant de leurs armes, et
les entre-choquant au passage. Les
spectateurs regardaient en causant et
en riant jusqu'au moment où, animés
par la musique, ils se levèrent presque
tous, et commencèrent une danse géné-
rale à laquelle prit part le sérakik lui-
même.

Les deux troqueurs ne quittèrent le
folgar que vers le milieu de la nuit.

Comme ils regagnaient leur case, ils
aperçurent dans l'ombre un homme qui
les suivait, et crurent reconnaître le
marabout qu'ils avaient rencontré le
matin. Celui-ci les regarda entrer, fit
un geste de menace, puis se dirigea
vers le folgar où le sérakik était de-
meuré.

———

VI

Etienne et Michel furent réveillés avant le jour par un des guiriots de la reine, qui venait les engager à partir sans plus de retard. Il leur déclara que le marabout Toni s'était plaint de leur conduite, et avait persuadé au sérakik de les arrêter.

Riou se hâta de rassembler les bagages, tandis que son compagnon allait chercher les ânes, et leur guide les conduisit hors de Souka.

Il leur fit suivre d'abord la rivière ; puis le jour venu, gagna les bois afin d'échapper aux poursuites.

Cependant, lorsque le danger parut moins imminent, Michel engagea la conversation avec son guide. C'était, comme tous ses pareils, un joyeux compagnon accoutumé aux plaisirs de la cour; car les guiriots jouissent chez les rois nègres de presque autant d'avantages que les marabouts. Ce que ceux-ci exigent en paiement de leur gris-gris, les autres l'obtiennent en récompense de leurs louanges, et la vanité rapporte aux seconds presque autant que la crainte aux premirs : aussi n'est-il pas rare de voir les princes et les grands se dépouiller successivement en leur faveur de tout ce qu'ils possèdent.

Le guiriot qui conduisait les deux troqueurs était occupé à leur vanter les priviléges de sa profession, lorsqu'un sourd retentissement se fit entendre à la gauche du chemin qu'ils suivaient. Le nègre s'interrompit et s'arrêta court.

— Quel est-ce bruit? demanda Etienne.

— C'est *l'olomba* (1), dit le guiriot.

(1) Grand tambour de guerre.

— Ainsi nous sommes poursuivis?

— Non, car le son retentit devant nous.

— Qu'est-ce donc alors?

— Un de nos chefs est parti depuis trois jours pour une expédition contre les habitants de Felu, et ce tambour de guerre doit être le sien.

Il n'avait point achevé, qu'un avant-garde de cavalerie parut sur la lisière du bois.

Il y avait environ six cents hommes bien montés, et pour la plupart armés de fusils. Chaque cavalier s'était revêtu, selon l'usage, de tous ses habits, portant par dessus une telle multitude d'étuis et de boîtes renfermant des gris-gris, que beaucoup pouvaient à peine manier leurs armes. L'un d'eux ayant été désarçonné resta étendu sur le dos sans pouvoir se relever, et fut obligé d'attendre l'arrivée des fantassins qui l'aidèrent à se remettre en selle.

Ceux-ci portaient un carquois rempli de flèches empoisonnées, un arc, des zagaies à quatre pointes et des *synn hamas* ou javelots liés par une corde, que l'on retire après les avoir lancés. Chaque soldat avait en outre, suspendu à l'épaule, un sac de la grosseur du bras, long d'un pied, et plein de kus-kus. Enfin venaient derrière trois chameaux portant chacun deux pièces de canon de petit calibre, et un grand nombre d'ânes ou de bœufs chargés de bagages.

Cette petite armée longea quelque temps le bois ; puis, tournant subitement pour le traverser, elle arriva à l'espèce de carrefour où les troqueurs s'étaient arrêtés avec leur guide.

Les fugitifs furent à l'instant environnés ; mais Etienne montra le bâton d'Etat qui lui avait été remis, et le chef porta les deux mains à son front en s'inclinant avec respect. Il descendit ensuite de cheval pour inviter les deux Français à prendre avec lui quelques rafraîchissements. Ils n'osèrent refuser et ce retard les perdit. Ils n'avaient point achevé la collation offerte par le chef, lorsque deux cavaliers envoyés à leur poursuite arrivèrent au galop, et annoncèrent que le sérakik leur ordonnait de revenir à Souka.

Toute résistance eût été inutile. Etienne et Michel se résignèrent donc à obéir

VII

Ils trouvèrent le sérakik accroupi sur une natte devant la porte de son kombot, et fumant dans une pipe de pierre. Le marabout Toni se tenait derrière lui.

En apercevant les troqueurs, le prince nègre leur jeta un regard sombre.

— Pourquoi êtes-vous partis subitement comme des voleurs qui se dérob nt au châtiment? demanda-t-il d'un ton sévère.

Riou hasarda quelques excuses empruntées aux necessités du commerce.

Le sérakik l'interrompit.

— Et qui vous a permis de faire ce commerce? s'écria-t-il ; ne savez-vous point que moi seul je puis l'autoriser, et que vous me devez avant tout un droit?

Les troqueurs se regardèrent avec étonnement, puis protestèrent de leur pauvreté.

— Vous êtes des menteurs, reprit le prince avec colère, je sais que vous avez du *sangara* (1).

Les deux cousins possédaient en effet quelques gourdes d'eau-de-vie réservée pour leur propre usage, et qu'ils cachaient soigneusement. Le marabout

(1) Eau-de-vie.

Toni les avait aperçues dans leurs bagages, et on avait averti le sérakik.
Malgré leur répugnance à livrer la
précieuse liqueur, ils répondirent au
roi nègre qu'ils étaient prêts à lui
faire goûter leur sangara.

— Tout de suite ! cria-t-il avec em-
portement.

Loriol chercha une des gourdes ca-
chées sous les bagages et la lui donna.
Il la porta à ses lèvres avec avidité,
l'avala à moitié tout d'une haleine,
puis passant la main sur sa poitrine nue
avec un sourire brutal :

— Du soleil pour le dedans, murmura-t-il.

Et il but de nouveau.

Les yeux du marabout étaient deve-
nus étincelants ; et il se pencha vers le
sérakik.

— Ce qui reste dans la gourde suffi-
rait pour acheter un gris-gris contre
la morsure des serpents, dit-il.

Le sérakik serra la bouteille contre lui, et s'écria :

— Il n'y a point de serpents dans mes kombets ; je ne crains pas les serpents !

Et il but de nouveau à petits coups.

— Je puis fabriquer un talisman contre les flèches, reprit le marabout.

— Je ne vais point à la guerre, interrompit le prince qui porta de nouveau la gourde à ses lèvres.

— Contre la fièvre.

— Je me porte bien.

— Contre le poison.

— Contre le poison ! répéta le sérakik devenu attentif; pourquoi ne l'avoir point dit plus tôt ?... la gourde est vide.

— Il y en a d'autres là, observa Toni en désignant du regard les valises des troqueurs.

— D'autres ! qu'ils les donnent, s'écria le prince à moitié ivre... qu'ils les donneut toutes, et je partagerai avec toi pour avoir un gris-gris contre le poison.

Les deux matelots s'assirent sur leurs bagages.

— Le sérakik ne voudrait point dépouiller ses hôtes ! s'écria Michel.

— Prétendrais-tu me donner des conseils? répliqua le prince nègre.

— Mais songez.....

— Je suis un honnête prince, un grand prince.

— Alors vous ne voudrez pas...

— Et je puis tout prendre si je veux.

— Pourtant.

— Et je prends tout.

Etienne essaya de défendre ses valises ; mais à un signe du sérakik, quelques officiers se précipitèrent sur lui et le renversèrent.

— Qu'on le tue s'il bouge, dit-il.

— Et qu'on ne leur rende pas leurs marchandises, ajouta Toni.

— Non, je confisque tout, je suis un grand prince. A moi d'abord cette gourde; celle-ci à toi, marabout; à nous les colliers, les couteaux, les galons.

Et comme Riou et Loriol continuaient à crier et à se débattre pour reprendre leur pacotille, il ordonna de leur lier les mains, de leur bâillonner la bouche avec une corde, et de les emmener : ce qui fut exécuté.

Le marabout triomphait : il acheva de boire toute l'eau-de-vie des troqueurs avec le sérakik, auquel il soutira de plus la meilleure part des marchandises en échange de quelques gris-gris.

Quant à Etienne et à Michel, ils avaient été conduits à une case où ils restèrent enfermés jusqu'à la nuit. Le guiriot qui leur avait servi de guide vint alors les délivrer de leurs liens au nom de la reine. Il leur apportait éga-

lement de sa part une pintade au riz
et un plat de *sanglet* au miel.

Mais tous deux avaient perdu l'appé-
tit; la violence dont ils étaient victi-
mes leur avait en effet causé d'autant
plus de désespoir et de colère, qu'elle
était complètement imprévue. Rien ne
les y avait préparés. Loin de là tout
était favorable jusqu'à ce moment. En
quelques jours ils avaient amassé plus
d'or que ne leur en eût produit le
même nombre d'années de navigation,
et cet or venait de leur être enlevé sans
motifs! Près de réaliser leurs plus
beaux rêves, ils se voyaient arrêtés subitement; ils perdaient une chance de
fortune certaine, la seule qui leur serait jamais offerte peut-être, et cela par
la méchanceté d'un misérable hypo-
crite!...

Cette idée les jetait tous deux dans
une sorte de rage. Le désir de se ven-
ger du marabout qu'ils regardaient

comme la cause première de leur malheur, semblait l'emporter sur le sen-
timent de ce malheur lui-même ; mais
ne pouvant satisfaire leur colère, ils la
déchargèrent l'un sur l'autre, s'accu-
sant réciproquement d'avoir causé le
désastre qui les frappait. — Conséquence inévitable de cette association
sans tendresse et sans dévouement! car
l'infortune est comme un réactif qui
fait connaître de quelles substances se
composent nos sentiments, et l'insuc-
cès, qui resserre les amitiés venant du
cœur, ne manque jamais de détruire
celles que l'intérêt seul a nouées.

Les troqueurs recommençaient à se
quereller pour la centième fois, lorsqu'ils furent tout à coup interrompus
par un éclat de rire.

VIII

C'était le marabout lui-même qui venait d'entrer dans le kombet.

A sa vue, les deux cousins firent un mouvement pour s'élancer vers lui; mais Toni, que le sangara avait rendu audacieux, les arrêta du geste, et leur dit :

— Que mes amis les blancs ne se fâchent pas, je viens les consoler.

— Traître ! voleur ! chien ! s'écrièrent à la fois les deux matelots.

— Allons ! la paix ! reprit le marabout en s'asseyant sur la natte, et plaçant devant lui une des gourdes d'eau-de-vie presque pleine : je vous ai réservé votre part; buvez, puis nous causerons.

— Sors d'ici, scélérat ! reprit Etienne. Sors à l'instant même, si tu tiens à la vie !

— Je viens vous fournir les moyens de vous enrichir, reprit Toni d'un air mystérieux.

— De nous enrichir ! quand, grâce à toi, nous voilà dépouillés de nos marchandises et de notre or.

—Qu'importe si je vous en fait trouver mille fois davantage !

— Que veux-tu dire ?

Le marabout leur fit signe de baisser la voix, but à la gourde puis la leur tendant :

— Goûtez le sangara, dit-il.

Ils burent l'un après l'autre. Toni, rassuré, leur fit alors signe de s'asseoir près de lui, et reprit :

— Mes amis les blancs habitent un pays où le fer, le cuivre, le plomb se trouvent en abondance.

— Il est vrai, répondit Michel.

— C'est une grande bénédiction du ciel, reprit le marabout· mais comment font-ils pour trouver ces métaux et les arracher à la terre?

— Nous avons pour cela des moyens faciles et sûrs.

— Et s'il y avait chez vous des mines d'or, vous sauriez les découvrir et les exploiter également?

— Qui en doute? mais à quoi bon ces questions?

Le marabout regarda autour de lui, et reprit en baissant encore la voix :

— Ce que mes amis les blancs feraient chez eux, ils peuvent alors le faire ici.

— Comment cela?

— Je connais à une journée de marche de Souka une vallée qui est pleine d'or.

— Se peut-il? s'écrièrent Michel et Etienne.

— J'en ai recueilli moi-même, il y a un mois.

— Toi?

— Oui ; mais nous n'avons point l'habileté des blancs pour charmer ce qui est sous terre, et l'or se joue de nos recherches, comme le lièvre et le cerf des poursuites du chasseur. Dès que nous fouillons à un endroit, il s'enfuit dans un autre, et pour le trouver il faut le surprendre. Aussi n'ai-je pu m'emparer que de celui que j'ai trouvé à la surface de la terre.

— Et il y en avait beaucoup?

— Autant qu'en pouvait porter le plus vigoureux de mes esclaves.

Les troqueurs se récrièrent d'abord ; mais Etienne se ravisa tout à coup.

— C'est un mensonge! dit-il.

— Je jure.....

— Un mensonge! sans quoi tu serais plus riche que le sérakik.

— Et qui te dit que je ne le sois pas?

— Dans ce cas où est ton or?

— Je l'ai donné à un marchand arabe.

— Et qu'as-tu reçu en échange?

— Quelque chose de plus précieux.

— Une chose plus précieuse que l'or?

— Et surtout plus facile à garder.

— Tu mens! te dis-je.

— Je mens! répéta Toni en tirant de son sein une petite boîte de cuir; eh bien! regarde.

Il avait ouvert la boîte. Les deux troqueurs aperçurent un diamant d'une grosseur prodigieuse, dont les facettes scintillaient dans l'ombre. Ils ne purent retenir une exclamation.

— Me croyez-vous, maintenant? dit le marabout d'un air triomphant.

— Mais c'est un diamant digne de la couronne d'un roi! s'écria Etienne.

— Le roi de France n'en a point de pareil, ajouta Michel.

— Combien veux-tu le vendre?

— Oui, nous te donnons toute notre pacotille.

— Le sérakik vous l'a prise.

Les troqueurs l'avaient oublié; ils

fermèrent les poings en blasphémant de rage.

— Mais vous pouvez tout réparer en venant à la vallée de l'or, reprit le marabout; je vous y conduirai, vous trouverez la mine et nous partagerons.

C'était une dernière ressource à tenter. Après quelques hésitations les matelots acceptèrent.

Il fut convenu qu'ils partiraient tous trois dès le point du jour. Toni se chargea de voir le sérakik pour faire rendre aux troqueurs leurs armes et leurs montures.

Lorsqu'il fut parti, les deux cousins demeurèrent longtemps sans parler. Enfin Etienne frappa la terre du pied avec dépit et s'écria :

— Un pareil trésor à ce misérable! quand nous ne pouvons, nous autres, conserver quelques onces d'or péniblement gagnées.

— Ma mère avait pour voisin un

joailler, observa Michel, et je l'ai souvent entendu parler du prix des diamants; celui du marabout vaut des millions.

— Il ne nous en faudrait pas davantage pour retourner riches en France.

— Et pour y vivre comme des seigneurs.

— Si nous n'avions pas été dépouillés, nous aurions peut-être fait échange avec ce brigand.

— Oui, mais il a déjà toute notre pacotille.

— Par le ciel! ce serait justice d'exiger de lui un dédommagement.

— Et ce serait facile puisqu'il vient avec nous.

Ils se regardèrent..... tous deux s'étaient compris.

— Alors, c'est dit, murmura Etienne avec un geste énergique; coûte que coûte, demain nous aurons notre fortune en poche!

— Et après demain nous serons en route pour Saint-Louis.

IX

Le lendemain, les deux matelots étaient sur le point de partir conduits par le marabout, lorsque des cris lugubres retentirent au-dehors. Toni prêta l'oreille et parut contrarié.

— Que se passe-t-il ? demanda Riou inquiet.

— Quelqu'un vient de mourir dans le village, répondit le marabout, et ils vont me demander pour la cérémonie funèbre.

— Ce qui nous forcera à rester.

—J'en ai peur.

— Partons de suite alors.

— Il est trop tard.

— Comment ?

— Voici des gens qui me cherchent.

Plusieurs nègres passaient en effet devant le kombet en appelant Toni, l'un d'eux entra et aperçut le marabout qui fut obligé de le suivre.

Les troqueurs n'ayant rien de mieux à faire, se décidèrent à suivre la foule pour voir la cérémonie qui se préparait.

Les voisins avertis par les cris de la famille, entouraient déjà la case du défunt que les marabouts étaient occupés à laver et à vêtir de ses plus beaux habits. Toni fit entrer les deux étrangers. Une troupe de guiriots se tenaient aux pieds du lit funéraire, chantant les louanges du mort au son du luth et du tambour. Lorsqu'ils eurent cessé, les amis entrèrent successivement pour parler au cadavre. Chacun d'eux lui disait :

« Pourquoi t'en es-tu allé, toi que nous aimions ? N'avais-tu pas dans tes champs assez de maïs ? Le palmier ne produisait-il plus pour toi du *may* pétillant? Avais-tu cessé d'aimer la fumée du tafflo?

» Pourquoi t'en es-tu allé quand les femmes filaient pour toi *l'innuma* aussi blanc que les défenses de l'éléphant? Quand tu avais encore dans ton kombet des noix de kolla, et quand les chrétiens se préparaient à t'apporter des colliers de corail et des sifîlets d'argent?

» Pourquoi t'en es-tu allé? Sont-ce les âmes de tes pères qui sont venues sous la forme de lézards t'engager à les rejoindre, ou bien étais-tu pressé de mourir pour ressusciter parmi les blancs et faire comme eux la troque avec tes frères d'autrefois? »

Après ces questions plus ou moins prolongées selon l'imagination de celui qui les adressait, le mort fut transporté hors de la ville à la case où il devait être enterré, et dont le toit avait été enlevé. Les marabouts y creusèrent la fosse où il fut placé; on déposa à côté des calebasses pleines d'eau et de kuskus, afin que le défunt pût boire et manger avant de partir pour le pays des âmes. Le toit fut replacé, on l'orna au sommet d'un faisceau d'armes, puis une douve fut creusée autour de la cabane, afin de mettre le cadavre à l'abri des bêtes féroces, et tout le monde se rendit au folgar célébré en l'honneur du mort.

Toni profita du premier moment de tumulte pour partir avec ses deux compagnons. Mais la cérémonie funèbre avait absorbé une partie du jour; ils n'étaient qu'à moitié chemin lorsque la nuit les surprit.

Il fallut camper au pied d'une colline. Le pays était sauvage, et quelques touffes d'herbes brûlées poussaient seulement dans le sable rougeâtre. Les troqueurs remarquèrent plusieurs fos-

ses creusées de loin en loin pour la re-
cherche du ghingan. Elles avaient à
peine un mètre de profondeur, car les
nègres ne connaissent point l'usage
des échelles; ils se contentent de creu-
ser à la pelle et au hazard, lavant la
terre qu'ils retirent pour en séparer la
poudre d'or, et recommençant quelque-
fois cent essais infructueux avant de
trouver ce qu'ils cherchent.

Toni et ses compagnons, qui avaient
reconnu sur le sable la piste de plusieurs lions, ramassèrent autant d'herbes sèches, de bois mort, de brous-
sailles, qu'ils purent en trouver, et
allumèrent une douzaine de feux, for-
mant un grand cercle au milieu duquel ils se retirèrent avec leurs montures. Les hurlements qui ne tardèrent
pas à retentir dans la campagne leur
prouvèrent combien leur précaution
avait été prudente. Des tigres et des
lions vinrent rôder autour du rempart

enflammé qui les défendait ; mais ils disparurent vers le matin et tout rentra dans le silence.

Toni, qui avait veillé jusqu'alors pour entretenir les feux, s'endormit à son tour, et les deux cousins se trouvèrent seuls.

Tous deux jetèrent en même temps un regard sur le marabout.

— L'occasion ne peut-être meilleure, dit Etienne d'une voix agitée.

— C'est vrai ! répliqua Michel sans bouger.

— Qui de nous lui prendra la boîte ?

— Tu es le plus fort, Riou !

— Poltron !

— J'ai seulement peur qu'il n'échappe.

— Le diamant est dans la ceinture de sa juba ?...

— Oui...

— Allons, à tout prix nous devons l'avoir !

Il s'était levé avec une sorte d'effort Michel lui dit :

— S'il fallait se défendre !

— Ne sommes-nous pas deux?

— Mais il a un coutelas!

— Tire le lien.

Loriol dégaîna ; Riou s'approcha avec précaution du marabout, se laissa brusquement tomber à genoux sur sa poitrine, et porta les deux mains à la ceinture de sa juba. Ainsi réveillé en sursaut, Toni jeta un cri et s'efforça de se débarrasser de son agresseur. Son mouvement renversa effectivement Riou, mais il se releva aussitôt et saisit le nègre. Tous deux luttèrent un instant, tombèrent de nouveau et roulèrent jusqu'aux brasiers encore enflammés. Là, Toni s'arrêta, tenant Etienne sous lui.

— A moi, Michel! cria le marin.

Michel voulut forcer le marabout a lâcher prise, mais inutilement; la flamme gagnait les vêtements et les cheveux de Riou qui s'écria :

— Ton coutelas !... sers-toi de ton coutelas !...

Loriol sembla balancer.....

— Misérable lâche ! reprit Etienne haletant, tue-le ou donne-moi l'arme.

Michel la lui présenta : il fit un effort pour dégager un de ses bras, saisit le coutelas et en frappa le marabout, qui alla rouler à quelques pas en poussant un gémissement.

X

Les troqueurs n'eurent d'abord d'autre pensée que celle de s'éloigner du lieu où leur crime avait été commis. Ils marchèrent jour et nuit, bravant la chaleur, les marais, les bêtes féroces, et se dirigeant vers la mer. Enfin, lorsqu'ils se crurent à l'abri de toute poursuite, ils revinrent à ce souvenir du trésor qu'ils emportaient, et s'occupèrent du changement de position qui se préparait pour eux.

La vente du diamant devait leur assurer une opulence qu'ils n'avaient jamais pu espérer, même dans leurs plus beaux rêves. Ils commencèrent par former tout haut et en commun mille projets, à l'instant remplacés par mille autres. Tous deux voulaient les jouissances du luxe et de l'oisiveté, mais sous des formes différentes : aussi, ne pouvant s'accorder, resolurent-ils de se séparer aussitôt que le trésor commun aurait été transformé en argent.

Restaient les difficultés de s'entendre sur cette transformation. Michel voulait vendre le diamant au comptoir de Saint-Louis, si le directeur de la Compagnie en donnait un bon prix. Etienne, au contraire, désirait l'appor-

ter en France, où il était sûr d'en tirer un meilleur parti. L'un écoutait les
inspirations d'une avarice âpre et plus
calculée; l'autre se laissait aller à
l'empressement avide de jouir. De là
des débats qui ne tardèrent point à les
irriter l'un contre l'autre. Une sorte
d'hostilité sourde succéda à leur
intimité. Chacun d'eux commença à
regarder son compagnon avec mécon-
tentement et soupçon ; et le hasard les
ayant un jour séparés, Etienne accusa
Michel d'avoir voulu le quitter. Il en
résulta une altercation qui faillit deve-
nir sanglante, et à la suite de laquelle
il fut convenu que le diamant serait
successivement gardé par chacun
d'eux

De la défiance à la haine la pente
est fatale : aussi les cousins en vinrent-
ils bientôt à se haïr. Loin de s'accorder
un appui réciproque, ils ne songèrent
plus qu'à se nuire et à se tromper. L'i-

dée du partage leur était devenue in-
supportable; car la cupidité avait
grandi avec leur richesse. Chacun
d'eux pensait que sans l'autre le trésor
lui eut appartenu tout entier, et s'il
eût suffi d'un désir pour se débarrasser
d'un compagnon importun, aucun
n'eût survécu. Leur complicité les con-
damnait d'ailleurs à une sorte de con-
fraternité qui leur était intolérable. Ils
se rappelaient réciproquement le crime
commis en commun, et, se connaissant
trop bien pour ne pas se craindre, ils
se méprisaient, ils se détestaient.

Michel étant tombé malade, Etienne
eut un instant l'espérance de rester
maître du diamant; et Loriol, à qui ses
propres sentiments révélaient ceux de
de son compagnon, lui laissa voir
qu'il avait deviné. Celui-ci convint de
son désir, et l'espèce de pudeur qui
avait, du moins jusqu'alors, voilé leurs
mauvaises pensées, disparut pour faire

place à l'hostilité avouée et ouverte. Tous deux arrivaient ainsi à l'expression complète de leur nature corrompue ; les passions coupables avaient rompu la digue qui les contenait. Le sang de Toni semblait avoir subitement fécondé les germes dangereux jusqu'alors enfouis dans ces âmes ; entrées dans le crime, elles s'étaient senties dans leur domaine.

Les fatigues de la route achevèrent de les aigrir ; car la souffrance, qui attendrit le cœur des bons, envenime au contraire celui des méchants. Privés de leurs marchandises d'étapes, ils se virent forcés, pour ne point mourir de faim, d'échanger successivement leurs vêtements contre du riz, du maïs ou de la jernotte. Mais le partage de ces rares provisions amenait toujours quelques réflexions d'autant plus dangereuses qu'elles ne se cachaient plus. Chacun des fugitifs regrettait tout haut

ce que son compagnon lui enlevait ; il
s'indignait de cette necessité de communauté si dure maintenant pour leur
indigence, si odieuse plus tard quand
viendrait l'heure de la richesse. Ainsi
la faim venait au secours de l'avarice
pour attiser leur haine et les rendre
plus odieux l'un à l'autre.

XI

Cependant ils atteignirent les bords
de la Casamance, et résolurent de se
procurer à tout prix un bateau pour
descendre jusqu'à Saint-Louis. Ils tra-
versèrent plusieurs fois dans ce but les
gués du fleuve, s'adressèrent tour à
tour aux populations des deux rives.
Enfin, ils arrivèrent à un village de
Foulahs, dont le chef leur offrit une
almadie de bois de katy pour leurs
deux fusils. Après quelques hésitations

l'échange fut conclu; car ils acceptèrent.

La pirogue, qui n'avait point servi
depuis quelque temps fut calfatée avec
de l'écorce de mahot; on frotta les cou-
tures de beurre de palmier, mêlé à la
chaux vive, et les troqueurs s'embarquèrent pour le comptoir français.

Parmi les dangers que présentait à
cette époque la navigation de la Casamance et du Sénégal, l'un des plus gra-
ves était la rencontre des hippopotames
dont le fleuve était alors rempli.

Plus d'une fois Michel montra à son
compagnon l'onde tourbillonnante qui
cachait la route de ces redoutables am-
phibies. Le sang se glaçait dans leurs
veines à cette vue, aussi se hâtaient-ils
de faire glisser rapidement leur pirogue parmi les hautes herbes qui bor-
daient les rives du fleuve.

Par trois fois ils évitèrent de terri-
bles rencontres; mais il arriva un évé-

nement qui mit fin à tant de bonheur
pour une expédition semblable.

Riou riait encore de ces mésaventu-
res, frappant sur l'épaule de son camarade, lorsque tout à coup l'embarca-
tion reçut un choc si violent, si inat-
tendu qu'elle chavira aussitôt. En un
seul instant la pirogue et son contenu
furent engloutis; puis un instant
après une masse énorme émergea sur
l'eau. C'était un hippopotame de la
plus belle grosseur.

Un coup de tête avait suffi au redou-
table animal pour anéantir les espé-
rances dues au crime qui n'avait eu
pour témoin que le sable du désert.

Dans le mouvement que fit la pirogue en sombrant, elle toucha légère-
ment les naseaux de l'amphibie qui re-
plongea tout aussitôt. Cette évolution
fit le salut de l'un et la perte de
l'autre.

Michel Loriol qui nageait à la per-

fection atteignit sans peine le rivage
où il s'empressa de mettre les pieds,
et tout ruisselant d'eau il grimpa sur
un arbre, afin d'échapper à la fureur
de l'hippopo'ame.

Le marin aperçut un instant son camarade qui luttait au milieu d'un
tourbillon d'écume, puis ce fut avec
un serrement de cœur qu'il ne le vit
plus reparaître à la surface de l'onde.
L'amphibie reparut une dernière fois,
mais ce fut pour lancer le corps de sa
victime, hors de l'eau, à une grande
hauteur.

Le cadavre d'Etienne Riou retomba
lourdement dans le fleuve : c'était une
nouvelle proie pour les crocodiles.

Michel saisi de terreur à ce spectacle ne songea plus à descendre de son
refuge. Instinctivement il fit un signe
de croix et leva les yeux vers le ciel.
Les bons principes, que sa vieille mère
avait su lui inculquer dès le plus bas

âge, savaient renaître en lui au moment du danger. Un instant il eut
honte d'avoir participé à un crime aussi
odieux, à un crime dont le mobile n'é-
tait autre que la cupidité.

La nuit arriva, et le matelot n'avait
pas encore songé à quitter l'arbre qui
le protégeait encore contre les attaques
des bêtes féroces. Il attendit patiemment le jour pour se remettre en route,
et ce ne fut qu'après avoir sérieuse-
ment scruté l'horizon qu'il se décida à
descendre.

Le soleil s'était levé radieux et brû-
lant depuis deux fois vingt-quatre heures. Michel Loriol n'avait encore rien
mangé ; mais les tiraillements de son
estomac lui importaient peu, il avait
la vie sauve, et c'était tout ce dont il
avait eu souci.

Tout à coup une idée foudroyante
lui traversa l'esprit, la pensée du diamant se présenta.

Le marin crut un instant que son camarade gardien de la pierre précieuse pour la journée précédente l'avait emportée avec lui, au milieu de l'horrible lutte où il succomba.

Michel devint pâle, une sueur froide coula sur son front..... « Où est le diamant, pensa-t-il, où est le diamant? »

Et il courut le long du fleuve comme un insensé pensant voir surnager le corps de son camarade; mais ce fut en vain.

Le courant de l'eau allait vite et il avait une avance de douze heures.

Fatigué, exténué, le troqueur s'assit à l'ombre d'un palétuvier réfléchissant à la perte immense qu'il faisait à la chute de la pirogue. Ce n'était point la peine de s'être rendu assassin pour atteindre un résultat semblable, c'est-à-dire, pour se trouver seul et dénué de toutes ressources au milieu du désert.

Michel Loriol sentit une larme per-
ler au coin de son œil ; il se hâta de
l'essuyer du revers de sa manche. Puis
la faim prenant le dessus il se décida à
grimper sur un cocotier voisin afin d'atteindre un fruit.

Or pour détacher un coco la force
du poignet seule eut été insuffisante,
il fallait l'aide d'un instrument tran-
chant.

Le matelot chercha son couteau.

Fouillant tout à coup dans sa poche
il sentit un objet auquel il ne songeait
pas.

Quel ne fût pas son étonnement,
quelle ne fut pas sa joie lorsqu'il vit
que l'objet que son tact n'avait pu de-
viner n'était autre que le bienheureux
diamant !...

Oui c'était bien le trésor tant con-
voité et dont il était désormais le seul
propriétaire.

Michel renferma soigneusement la

pierre précieuse dans le petit sac de cuir qui la contenait, puis il le suspendit à son cou afin de ne pas l'égarer.

Les événements qui suivirent l'achat de la pirogue avaient été tellement tristes que la mémoire faillit au troqueur. Il ne se rappela plus qu'il était dépositaire du trésor commun.

Le coco détaché de l'arbre fut trouvé délicieux par le matelot affamé qui se remit aussitôt en route afin de gagner du terrain avant la nuit.

XII

Le soleil avait à peine disparu derrière les collines de sable de l'horizon, lorsque Loriol aperçut au loin le pavillon français qui se détachait nettement sur l'azur du ciel.

— Sauvé !... s'écria-t-il dans un

transport de joie!... sauvé! et je suis riche.

Effectivement c'était son salut. Le poste de Sédhiou se présentait en libérateur. Deux heures après le troqueur, exténué de fatigue, n'eut que le temps d'attirer l'attention de la sentinelle qui veillait sur les remparts.

— A moi! dit-il d'une voix éteinte, à moi !... et il tomba sur le talus du fossé.

Un instant après la garnison du fort était en émoi; on venait au secours du voyageur.

Le commandant du fort ordonna que tous les soins possibles fussent donnés à l'étranger, puis il recommanda de le conduire vers lui sitôt que sa santé le permettrait.

Michel fut l'objet d'une attention toute particulière dès le moment où il put articuler quelques paroles. Il raconta des faits presque invraisemblables au sujet de son séjour dans le désert. Le récit seul de la catastrophe qui eut lieu dans le fleuve méritait la crédulité des auditeurs.

Le capitaine ecouta ces racontars d'une façon très attentive, et fut intéressé au plus haut point : néanmoins il se contenta de faire escorter le fugitif à Saint-Louis où la vérité toute entière ne devait pas tarder à se dévoiler.

Il n'y eut pas un seul habitant du poste de Sédhiou qui ne voulût voir le héros de tant d'aventures où le crime avait été soigneusement omis. Tous, hommes, femmes, enfants et vieillards accompagnèrent l'heureux et malheureux matelot jusqu'à la limite du district, lui souhaitant un voyage meilleur que le précédent.

Parmi les conducteurs du marin on pouvait remarquer une belle négresse,

tenant à son cou un jeune enfant blanc
à qui elle faisait mille caresses.

— P'tit Louis, lui disait-elle, soldat
pâti !...

Et le petit enfant tendait ses bras
roses vers le groupe qui entourait
Michel Loriol.

Non loin de là se tenait une domes-
tique blanche tenant un autre petit
garçon par la main.

— Allons, François, se prit-elle à
dire, retournons à la maison, nous
avons assez vu le marin.

Puis elle fit un signe à la négresse
qui la rejoignit aussitôt.

Toutes deux allaient se régaler d'un
excellent plat de kus-kus, riant aux
éclats, ne pouvant croire le récit du
troqueur au sujet des hippopotames.

XIII

Michel arriva sans encombre à Saint-Louis d'où, fort heureusement, le navire à bord duquel il était enrôlé venait de partir.

Il eut bien garde d'en paraître mécontent, il dit qu'il attendrait patiemment l'appareillage d'un second bâ'iment en partance.

Avant de s'embarquer il se défit de la poudre d'or qu'il possédait encore sur lui, et en retira une somme convenable qui lui permit de se refaire un tant soit peu. Le diamant demeurait inconnu à tout le monde, c'était une précaution assez sage.

Quelques mois après le départ du troqueur on apprit seulement, par quelques caravanes de marchands, que le corps du malheureux marabout avait

été découvert après de longues recherches. Un large coutelas ensanglanté
fut trouvé auprès du cadavre.

Le doute du crime ne fut plus permis. Les soupçons se portèrent aussitôt sur Michel Loriol; mais il était
hors d'atteinte à ce moment là.

. . . .

Plusieurs années s'écoulèrent depuis
la perpétration du crime de Souka.
Michel Loriol ne portait plus le même
nom. Il avait changé tant au physique
qu'au moral.

En compagnon bien avisé, il avait
cru prudent de ne pas mettre pied à
terre en France; il débarqua tout simplement à Plym uth, d'où il se dirigea
sur Londres, bien certain que la justice des hommes ne saurait le poursui-
vre où celle de Dieu pouvait aussi bien
l'atteindre.

Michel prit le pseudonyme de Walter

Tanet et s'adressa à un riche joailler de la cité à qui il montra sa soi-disant trouvaille.

Le négociant parut émerveillé d'un pareil trésor, il en sut apprécier la valeur; aussi s'empressa-t-il d'en offrir un prix minime.

— Cent mille livres sterlings paieront votre diamant, dit-il à son interlocuteur.

— Vous voulez plaisanter, sir Bostow, répliqua le marin; un million de livres sterling.....

L'Anglais pesa de nouveau le diamant, l'inspecta sur toutes les faces et dit après un moment de silence :

— Peut-être bien.

Huit jours après ce pourparler, Michel Loriol possédait la fortune qu'il avait tant ambitionnée. Il roulait sur l'or et sur l'argent, il menait un train de prince.

Mais comme cela arrive souvent, et

selon le proverbe, le bien mal acquis ne profita pas au troqueur ; car au bout de peu de temps d'une existence princière, il tomba malade

La gravité de cette chute ne fit qu's'accroître de jour en jour. Sentant alors sa fin prochaine, l'opulent matelot se recueillit en lui-même, il pensa au crime dont il avait été un des auteurs passifs. L'image du pauvre marabout Toni lui apparut au milieu de toute sa richesse, et la justice de Dieu commençait son œuvre.

Michel Loriol se repentit humblement et amèrement de l'horrible faute qu'il avait commise ; il en demanda pardon au Tout-Puissant, du plus profond de son cœur et prit les dispositions nécessaires pour réparer le mal qu'il avait commis.

Un prêtre appelé pour l'assister à ses derniers moments, et pour lui appor-

ter les consolations de la religion, reçut ses dernières volontés.

Michel mourut ; mais il voulut se
dépouiller de tous ses biens avant de
rendre le dernier soupir, il voulut rede-
venir ce qu'il avait été, c'est-à-dire un
pauvre matelot.

Il légua ses richesses immenses aux
parents de l'infortuné marabout, et
spécifia dans son testament que tous ces
biens reviendraient à l'hospice Saint-
Alexis, dans le cas où il n'y aurait
plus de traces des Toni. Ce qui eut lieu
en effet.

La dépouille mortelle de l'ancien
troqueur simplement ensevelie fut
conduite à sa dernière demeure par le
corbillard des pauvres; c'était la dernière volonté du pêcheur qui voulait
se réconcilier avec Dieu.

COUTUMES DES NÈGRES.

On sait que les mahométans d'Asie
font le s lam ou la prière cinq fois le
jour et la nuit. Le vendredi, qui est
le jour de leur sabbat, ils la font sept
fois; mais ceux des nègres qui sont bons
mahométans se contentent de prier
trois fois ls jour, c'est-à-dire le matin,
à midi et le soir. Chaque village a son
marabout ou prêtre, qui les rassemble
pour ce devoir. Le lieu de leur assemblée
est un camp qui leur sert de mosquée.
Là, après les ablutions ordonnées par
l'Alcoran, ils se rangent en plusieurs
lignes derrière le prêtre, dont ils imi-
tent les mouvements et les gestes. Ils
ont le visage tourné vers l'orient ; mais
lorsqu'ils sont fatigués de leur posture,

ils s'accroupissent à la manière des femmes, en tournant le visage vers l'ouest.

Le marabout étend les bras, répète plusieurs mots d'une voix si lente et si haute que toute l'assemblée peut les répéter avec lui; il se met à genoux, baise la terre, recommence par trois fois cette cérémonie et tout ce qu'il fait est imité par les assistants. Ensuite il se met à genoux pour la quatrième fois et fait quelque temps sa prière en silence. Il se relève, et, traçant du doigt, autour de lui, un cercle dans lequel il imprime plusieurs caractères, il les baise respectueusement, après quoi, la tête appuyée sur les de x mains et les yeux fixés contre terre, il passe quelques moments dans une profonde méditation. Enfin il prend du sable et de la poussière, se les jette sur la tête et sur le visage et commence à prier d'une voix haute, en touchant la

terre du doigt et le portant au front.
Pendant toutes ces formalités, il répète
plusieurs fois ces mots : *Salam-aleck*,
c'est-à-dire : Je vous salue. Il se lève,
toute l'assemblée suit son exemple et
chacun se re'ire. La modestie, le respect et l'attention qu'ils apportent à cet
exercice causent une juste admiration
à nos voyageurs. La prière dure une
grande demi-heure et se renouvelle
trois fois par jour. Il n'y a point d'affaire ni de compagnie qui leur fasse
oublier le temps. S'ils ne peuvent assister à l'assemblée, ils se retirent à l'é-
cart pour observer les mêmes pratiques,
et, lorsqu'ils manquent d'eau pour
leur ablution, ils emploient de la terre.
Brue, qui fut plusieurs fois témoin de
leurs cérémonies, eut la curiosité de
demander aux marabouts quel était le
sens de leurs postures et de leurs priè-
res. Ils lui répondirent qu'ils adoraient
Dieu en se prosternant devant lui ; que

cette humiliation était un aveu de leur néant aux yeux du premier Etre et qu'ils le priaient de pardonner leurs fautes et de leur accorder les commodités dont ils avaient besoin, telles qu'une femme, des enfants, une moisson abondante, la victoire sur leurs ennemis, une bonne pêche, la santé et l'exemption de toutes sortes de dangers.

Aussitôt qu'ils voient paraître la première lune de l'équinoxe d'automne, ils la saluent en crachant dans leurs mains et en les étendant vers le ciel ; ensuite ils les tournent plusieurs fois autour de leur tête et répètent à deux ou trois reprises la même cérémonie. En général, les mahométans rendent beaucoup de respects à la nouvelle lune, la saluent aussitôt qu'ils la voient paraître, ouvrent leur bourse et demandent au ciel que leurs richesses puissent augmenter avec les quartiers de la lune.

Le ramadan ou carême des mahométans nègres est observé avec beaucoup de rigueur. Ils ne mangent et ne boivent qu'après le coucher du soleil. Les dévots n'avalent même pas leur salive et se couvrent la bouche d'un morceau d'étoffe, de peur qu'il y entre une mouche. Ma'gré la passion qu'ils ont pour le tabac, ils ne touchent point à leur pipe. Mais lorsque la nuit arrive ils se dédommagent de l'abstinence du jour. Les grands et les riches passent ensuite toute la journée à dormir.

AMAND.

(Extrait de l'*Ami des enfants*.)

Un pauvre manœuvre, nommé Bertrand, avait six enfants en bas âge, et il se trouvait f rt embarrassé pour les nourrir. Pour surcroît de malheur, l'année fut stéril·, et le pain se vendait une fois plus cher que l'an passé. Bertrand travailla t jour et nuit : malgré ses sueurs, il lui était impossible de gagner assez d'a gent pour rassasier du p us mauvais pain ses enfants affamés. Il était dans une extrême d s la-tion. Il appelle un jour sa petite famille, et, les yeux pleins de larmes, il lui dit : « Mes chers enfants, le pain est devenu si cher qu'avec tout mon travail je ne peux gagner assez pour vous nourrir. Vous le voyez : il faut que je paie le morceau de pain que voici du produit de toute ma journée. Il faut donc vous contenter de partager avec moi le peu que je m'en serai procuré ; il n'y en aura certainement pas assez pour vous rassasier ; mais du moins il y aura de quoi vous empêcher de mourir de faim. » Le pauvre homme ne put en dire davantage; il leva les yeux vers le ciel, et se mit à pleurer. Ses enfants pleuraient aussi, et chacun disait en lui-même : Mon Dieu, venez à notre secours, pauvres petits malheureux que nous sommes ! Assistez notre père, et ne nous laissez pas mourir de faim.

Bertrand partagea son pain en sept portions égales : il en garda une pour lui, et distribua les autres à chacun de ses enfants. Mais un d'entre eux, qui s'appelait Amand, refusa de recevoir la sienne, et dit : « Je ne peux rien prendre, mon père ; je me sens malade, mangez ma portion ou partagez-la entre les autres. — Mon pauvre enfant, qu'as-tu donc? lui dit Bertrand en le prenant dans ses bras. — Je suis malade, répondit Amand, très malade : je veux aller me coucher. » Bertrand le porta dans son lit ; et, le lendemain au matin, accablé de tristesse, il alla chez un médecin, et le pria de venir, par charité, voir son fils, et de le secourir.

Le médecin qui était un homme pieux, se rendit chez Bertrand, quoiqu'il fût bien sûr de n'être pas payé de ses visites. Il s'approche du lit d'Amand, lui tâte le pouls ; mais il ne peut y trouver aucun symptôme de maladie ; il lui trouva cependant une grande faiblesse, et pour le ranimer il voulut lui prescrire une potion. Ne m'ordonnez rien, Monsieur, lui dit Amand ; je ne prendrais pas ce que vous m'ordonneriez.

6

— Tu ne le prendrais pas! et pourquoi donc, s'il te plaît!

— Ne me le demandez pas, Monsieur, je ne peux pas vous le dire.

— Et qui t'en empêche, mon enfant? Tu me parais un petit garçon bien obstiné.

— Monsieur le médecin, ce n est pas une obs ination, je vous assure.

— A la bonne he re; je ne veux pas te contraindre; mais je vais le demander à ton père, qui ne sera peut-être pas si mystérieux.

— Ah! je vous en prie, Monsieur, que mon père n'en sache r en.

— Tu es un enfant incompréhensible! Mais il faut absolument que j'en instruise ton père, puisque tu ne veux pas me l'avouer.

— Mon Dieu, Monsieur, gardez-vous-en bien : je vais vous le dire; mais auparavant, faites sortir, je vous prie, mes frères et mes sœurs.

Le médecin ordonna aux enfants de se retirer; et alors Amand lui dit : « Hélas ! Monsieur, dans un temps si dur, mon père ne gagne qu'avec bien de la peine de quoi acheter un mauvais pain ; il le partage entre nous ; chacun n'en peut avoir qu'un petit morceau, et il n'en veut presque rien garder pour lui-même. Cela me fait de la peine de voir mes petits frères et mes petites sœurs endurer la faim. Je suis l'aîné ; j'ai plus de force qu'eux ; j'aime mieux ne pas manger pour qu'ils puissent partager ma portion. C'est pour cela que j'ai fait semblant d'être malade et de ne pouvoir pas manger ; mais que mon père n'en sache rien, je vous prie. »

Le médecin essuya ses yeux, et lui dit :

— Mais toi, n'as-tu pas faim, mon cher ami ?

— Pardonnez-moi. j'ai bien faim :

mais cela ne me fait pas tant de mal que de les voir souffrir.

— Mais tu mourras bientôt, si tu ne te nourris pas.

— Je le sens bien, Monsieur ; mais je mourrai de bon cœur ; mon père aura une bouche de moins à remplir, et lorsque je serai auprès du bon Dieu, je le prierai de donner à manger à mes petits frères et à mes petites sœurs. »

L'honnête médecin était hors de lui-même d'attendrissement et d'admiration, en entendant ainsi parler ce généreux enfant. Il le prit dans ses bras, le serra contre son cœur, et lui dit : « Non, mon cher ami, tu ne mourras pas. Dieu, notre père à tous, aura soin de toi et de ta famille : Rends-lui grâce de ce qu'il m'a conduit ici ; je reviendrai bientôt. » Il courut à sa maison, chargea un de ses domestiques de toutes sortes de provisions, et revint aussitôt vers Amand et ses frères affamés.

Il les fit mettre tous à table, et leur donna à manger jusqu'à ce qu'ils fussent rassasiés. C'était un spectacle ravissant pour le bon médecin de voir la joie de ces innocentes créatures. En sortant, il dit à Amand de ne pas se mettre en peine, et qu'il pourvoirait à leurs nécessités. Il observa fidèlement sa promesse; il leur faisait passer tous les jours abondamment de quoi se nourrir. D'autres personnes charitables, à qui il raconta cette aventure, imitèrent sa bienfaisance. Les uns envoyaient des provisions, les autres de l'argent, ceux-là des habits et du linge; en sorte que, peu de jours après, la petite famille eut au-delà de tous ses besoins.

Aussitôt que le prince fut instruit de ce que le brave petit Amand avait fait pour son père et pour ses frères, plein d'admiration pour tant de générosité, il envoya chercher Bertrand, et lui dit : « Vous avez un enfant admirable, je veux être aussi son père ; j'ai ordonné qu'on vous donnât en mon nom une pension de cent écus. Amand et tous vos autres enfants seront élevés à mes frais dans le métier qu'ils voudront choisir, et, s'ils savent en profiter, j'aurai soin de leur fortune. »

Bertrand s'en retourna chez lui enivré de joie, et s'étant jeté à genoux, il remercia Dieu de lui avoir donné un si digne enfant.

LE FORGERON.

M. de Cremy, passant vers minuit devant l'atelier d'un pauvre forgeron, entendit les coups redoublés de son marteau. Il voulut savoir ce qui le retenait si tard à l'ouvrage, et s'il ne pouvait gagner sa vie du labeur de sa journée sans le prolonger si avant dans la nuit.

— Ce n'est pas pour moi que je travaille, répondit le forgeron, c'est pour un de mes voisins qui a eu le malheur d'être incendié. Je me lève deux heures plus tôt et je me couche deux heures plus tard tous les jours, afin de donner à ce pauvre malheureux de faibles marques de mon attachement. Si je

(103)

possédais quelque chose, je le partage-
rais avec lui ; mais je n'ai que mon en-
clume, et je ne puis la vendre, car c'est
elle qui me fait vivre. En la frappant
chaque jour quatre heures de plus qu'à
l'ordinaire, cela me fait par semaine
la valeur de deux journées dont je puis
céder le produit. Dieu merci, la be ogne
ne manque pas dans cette saison ; et
quand on a des bras, il faut bien les
faire servir pour secourir son prochain.

— Voilà qui est généreux de votre
part, mon enfant, lui dit M. de Cremy ;
car, selon toute apparence, votre voisin
ne pourra jamais vous rendre ce que
vous lui donnez.

— Hélas ! Monsieur, je le crains pour
lui plus que pour moi ; mais je suis
bien sûr qu'il en ferait autant si j'étais
à sa place.

M. de Cremy ne voulut pas le dé-
tourner plus longtemps de ses occupa-
tions ; et lui ayant souhaité une bonne

nuit, il le quitta. Le lendemain, ayant tiré de ses épargnes une somme de six cents livres, il la porta chez le forgeron, dont il voulait récompenser la bienfaisance, afin qu'il pût tirer son fer de la première main, entreprendre de plus grands ouvrages, et mettre ainsi en réserve quelques deniers du fruit de son travail pour les jours de sa vieillesse.

Mais quelle fut sa surprise lorsque le forgeron lui dit : Reprenez votre argent, Monsieur ; je n'en ai pas besoin puisque je ne l'ai pas gagné. Je suis en état de payer le fer que j'emploie, et s'il m'en faut davantage, le marchand me le donnera bien sur mon billet. Ce serait, de ma part une grande ingratitude de vouloir le priver du gain qu'il doit faire sur sa marchandise, lorsqu'il n'a pas craint de m'en avancer pour cent écus dans le temps où je ne possédais que l'habit que j'ai sur le corps. Vous avez un meilleur usage à faire de cette somme, en la prêtant sans intérêt au pauvre incendié. Il pourra par ce moyen, rétablir ses affaires ; et moi, je pourrai alors dormir tout mon soûl.

M. de Cremy n'ayant pu, malgré les plus vives instances, le faire revenir de son refus, suivit le conseil qu'il lui avait donné, et il eut le plaisir de faire le bonheur d'une personne de plus que dans le premier projet de son cœur généreux.

FIN.

TABLE

—

FIN DE LA TABLE.

Limoges. — imp. EUGENE ARDANT et C².

www.ingramcontent.com/pod-product-compliance
Lightning Source LLC
Chambersburg PA
CBHW071112260626
47162CB00006B/2301